KB203287

찬란한 하루

장선희 제2시집

시음사
시사랑 음악사랑

시인의 말

올여름은 유난히도 길고 무더웠다. 전 세계적인 불볕더위는 지구의 온난화 되어가는 기후로 해마다 상승하고 있다는 것이 심각한 문제가 되었다. 우리나라는 사계절의 좋은 기후조건에서 살고 있는 장점이 있다. 하지만 점점 열대야의 극한 상황으로 여름은 길어지고 봄, 가을이 짧아지고 있다는 걸 실감한다. 우리 모두 다 함께 환경오염의 친환경에 대응하는 지속적인 노력이 필요하다. 제일 중요한 건강 문제의 합병증이 우려되므로 작은 실천부터 생활화할 것을 감히 부탁드리고 싶은 마음이다.

나는 피해 갈 수 없는 가족력의 후천성 심장병을 31년 동안이나 앓았고 결국 기적적으로 뇌사자의 기증을 받아 심장이식을 받았다. 제2의 인생을 살고 있는 세월은 벌써 8년이 되었다. 그렇게 우여곡절을 겪으며 시련을 이겨내고 보니 이제는 감사하다는 말을 자주 하게 된다. 삶의 순간들이 너무 소중하다는 걸 알게 된 이상 남은 인생은 후회 없이 살아보려고 더 열심히 노력하고 있다.

늦은 나이에 시작했지만, 시인으로 작가로 마음껏 글을 쓸 수 있다는 자부심에 행복하다. 첫 시집에서는 지난 세월 살았던 인생을 순화시키는 작품이었고 이번 제 2 시집에서는 감사하고 사랑하는 마음의 중심을 가진 감수성으로 작품 시를 썼던 것 같다. 차례를 보면 사계절을 시작으로 사랑 시, 고향 시, 모정, 인생사로 구분되어 있다.

산전수전 인생을 살아보니 고생했던 지난날들의 보상을 받는 것처럼 좋은 세상에 살고 있는 것이다. 지금의 이 순간이 감사하고 소중해서 사랑하며 살고 싶다. 독자들께서는 각자의 감성으로 보아주시면 감사하겠다는 마음이다. 끝으로 모든 분의 몸과 마음이 건강한 인생이 되기를 간절한 마음으로 하느님께 기원한다.

시인 장선희

QR코드   스마트폰으로 QR 코드를 스캔하면
시낭송을 감상할 수 있습니다

본문
시낭송
감상하기

 제목 : 어린 담쟁이
시낭송 : 장선희

 제목 : 홍시
시낭송 : 최명자

 제목 : 눈
시낭송 : 박영애

제목 : 안부
시낭송 : 최명자

 제목 : 비 오는 날이면
시낭송 : 김혜정

제목 : 도라지꽃
시낭송 : 최명자

 제목 : 잊지 못할 내 고향
시낭송 : 장선희

 제목 : 고향의 풍경
시낭송 : 장선희

 제목 : 고향의 여름밤
시낭송 : 최명자

 제목 : 어머니의 보리밥
시낭송 : 장선희

 제목 : 인생
시낭송 : 조한직

 제목 : 부부의 길
시낭송 : 박영애

 제목 : 중년의 향기
시낭송 : 장선희

 제목 : 찬란한 하루
시낭송 : 장선희

 제목 : 차와 함께 산다
시낭송 : 이은석

 제목 : 소설가로
시낭송 : 장선희

 시인 육성 본문 시낭송 모음

영상은 YouTube 정책 또는 운영 관리에 따라 삭제될 수도 있습니다.

시인은 자연을 이야기하고 시낭송가는 자연을 품었다
글자는 날개를 달아 언어로 날고 소리는 자연에 눕는다

가을 연가

지난가을 가신 님은
또 오실 줄 알았습니다

오늘은 노란 모자에
울긋불긋 차려입고
설레는 맘 어찌할까요

여전히 곱디고운 모습
얼마나 반가운지요

아침햇살 눈이 부셔도
반짝이는 눈동자에
오래 머물 수는 있는지

이젠 떠나지 않겠다며
영원히 함께 할 것입니다.

가을 하늘

뜨거운 태양 시련이 지나고
파란 하늘 아래 흰 구름 보며
나그네 미소 가을을 외친다

먼 하늘 저 멀리
새털구름 스며들기 시작하고
다시 제각기 흩어지며
높은 구름 속으로 사라진다

들녘 날아드는 참새 떼
허수아비 손짓에 놀라
소나무 가지로 모여드니
발그레한 단풍 미소

가을 하늘 무지개 떠오를 즈음
참새 쫓는 소리 메아리와 함께
코스모스의 가을 사랑 깊어간다.

코스모스

저 멀리 바람 따라 흔들리는 소리
알록달록 코스모스 꽃길 따라가니
연분홍 순정에 잊지 못해 또 왔네

바람에 쓸릴까 꺾어질까
밤새워 뜬눈으로 지새운 그대
벌게진 눈 비비며 활짝 웃어주네

수줍은 처녀 꽃 치마 날리며
코스모스 키에 맞춰 숨바꼭질하니
따라가는 총각도 반하네

바람도 그만 불었으면 좋으련만
가녀린 허리에 귀밑머리 흩날리며
영원토록 일편단심 사랑이어라.

만추

오색찬란한 손짓의 절경
설레는 맘 유혹에 따라간다
구름에 걸린 마른 단풍 바람에 떨고
먼 길 재촉하지 않으려 침묵한다

제 색을 찾지 못한 웅크린 모습
가뭄에 메마른 단풍 아쉬워
먹구름 흩어지는 촉촉한 가을비에
비추는 햇살 따라 천천히 물들어간다

마주 보는 그윽한 국화 향에
묻지 않아도 대답하지 않아도
너와 난 순결한 마음 그대로
만추의 아쉬움도 잊어간다

호수에 나부끼는 갈대의 풍성함
찬바람 막아주는 포근함으로
느지막한 저녁노을 붉히며
우리의 사랑 더욱 깊어간다.

어느 가을날

아름다운 계절
가을이 돌아왔건만
시대의 바이러스 무서워
보고 싶은 사람 못 보는 발걸음

홀로 걷는 으스스한 외로움
호화로웠던 지난 정취 그리며
거리 두기 눈치 보기 싫어
지나치는 사람도 저 멀리

아 옛날이여
지난 추억 붙들어 매 놓고
다시 기약하고 싶어
하루하루 희망을 걸어본다

청량한 세상 추억 속으로
자연의 원초적 돌아가고파
동경하는 가을날 그리며
미래의 앞날을 소망한다.

어린 담쟁이

양지바른 모퉁이 돌아
함께 손잡아 주고 싶어
지난날 시련이 애처롭다

작고 여린 손 놓칠까 바라보니
비추는 햇살 가을바람이 좋아
울긋불긋 새 옷 갈아입고
먼 산 나들이 가잔다

지난 계절 착각하는 장미꽃
거대한 넝쿨 가시에 걸리고
나란히 손잡은 반가움에
모든 시련 잊고 빙그레한 미소

돌담길 따라 오르는 하염없는 인내
너의 숨결 온기가 고마워
반짝이는 작은 잎 사이로 햇살 가득
정열적인 태양에 큰 희망을 걸었다.

제목 : 어린 담쟁이
시낭송 : 장선희
스마트폰으로 QR 코드를 스캔하면
시낭송을 감상할 수 있습니다

홍시

꿋꿋한 가지에 순결한 모습
설레는 가슴 빨갛게 달아오른다

가지 사이로 수줍은 얼굴 붉히며
보름달처럼 환한 모습은
지나가는 이웃집 처녀의 양 볼을 닮았다

담장에 흐드러졌던 청춘은
태양 아래 비바람도 인내한 그대

찬 서리 내리던 날 장엄한 모습은
거친 형상 상처로 베어져 보이지만

순종했던 절개는 올곧은 지조로
붉게 타오르는 사랑이었다.

제목 : 홍시
시낭송 : 최명자
스마트폰으로 QR 코드를 스캔하면
시낭송을 감상할 수 있습니다

가을이 깊어가는 성북 천

손짓하는 갈대밭 서늘한 개천가
시려 오는 한기 잊고 발 담근 채
초췌하게 스러지듯 가을을 아쉬워한다

말라가는 잎 바람 소리 서걱거릴 때
어루만져 주는 따뜻한 손길
키 작은 나팔꽃 차가운 바람에 눈 감으니
어깨동무하던 갈대 몸 하나 추스르기 버겁다

흐르는 물소리마저 춥다고 아우성칠 때
한가로운 오리 한 쌍 꼬리 치며 파닥거리고
미역 감는 재롱에 웃음보 터진다

엄마 손 잡고 징검다리 종종걸음 뛰는 아이
해맑은 웃음 자지러지는 소리
하얀 나비 춤사위로 날아다닌다

한나절 볕 좋은 날 허리 굽은 할미
삐걱거리는 발소리로 걸어오던 손녀
바위에 걸터앉아 가위바위보 하던 연인들
어느덧 그 자리 서늘한 바람만 스친다.

눈

온통 거리엔 눈이 내립니다
수북이 쌓인 하얀 대지에
내 마음 살포시 얹어놓고
새로운 세상을 꿈꿉니다

시커멓게 그을렸던 세월
눈발에 날려버리고
순결한 마음만 사뿐히 모아
설레는 가슴으로 다가섭니다

진한 발자국 남기고 싶어
하나둘 밟는 소리에
정성을 다해봅니다

회오리바람을 몰고 와도
진눈깨비가 방해 놓아도
당신의 하얀 흔적만 보며
앞날의 순종을 믿습니다

얼룩진 한을 묻어두고
미래의 소망 꿈꾸는 이 순간
순결한 눈꽃이 피어납니다.

16

제목 : 눈
시낭송 : 박영애
스마트폰으로 QR 코드를 스캔하면
시낭송을 감상할 수 있습니다

제주도의 겨울연가

우당탕 쿵쾅 콰르르르릉
제주공항 비행기 내부 요란한 소리
바닥을 스치며 낙하하는 동안
두통에 몸살을 앓는 것도 잠시
새로운 섬 착륙에 행복한 쾌재를 부른다

돌아볼 명승지 책자를 뒤적이며
마냥 들뜨는 마음 진정시키고
달리는 차 창밖 보이는 시퍼런 바닷물
거센 바람 따라 가슴으로 파고든다

찰랑대는 물결 반가워 내어주는 손길
아직은 날씨가 너무 차가워
볕 좋은 날 정답게 맞이할 약속하며
맑은 공기의 달려갈 수 있는 용기
마음껏 품어 주리라 확신한다

싸늘한 겨울바람에도
너울너울 춤추는 야자나무 부러워
너무 춥다고 웅크리는 나에게
편하게 만날 그날을 기다리겠다고 한다.

서리

그토록 사랑했던 홍시도 떠나고
앙상한 가지에 서릿발 내렸다

저 멀리 바라보니
어머니의 반짝이던 백발 같아
사무치는 그리움만 가득

지독한 추위에 강인한 인내
달콤한 추억 있어
홀로 남아도 외롭지 않다

꽁꽁 얼어붙은 가지에
눈물도 그리움도
모두 사랑으로 녹아내리고

서릿발 같은 아버지의 호통도
가슴 움켜쥐는 자식 사랑에
사무치게 그리워서 서럽다.

눈꽃

새하얀 꽃이 되어
해맑은 눈동자 되어
이 세상 끝까지 가리라

비추는 햇살 아래
포근한 품속 녹아내릴 때
당신과 나 그림자까지
함께 거닐고 싶어

두 팔 벌려 날개 달아
부푼 가슴 끌어안고
이 세상 끝나는 날까지

활짝 핀 눈꽃 되어
온 세상 새하얀 순결
사랑 꽃이 활짝 피었다.

새해를 맞으며

지난 한 해 돌아보며
먼저 자신에게 고마움을 전한다

하루를 열흘같이 살고 싶어
시간마다 하는 일 확인하고
존재감에 보람으로 산다

누군가에게 능력을 나누며
필요로 하는 자에게 기쁨을 주는
가치 있는 자리에 있고 싶다

나에게 저울질하는 시커먼 그림자
매일매일 주문을 외워 봐도
이기적인 생각에 유혹 당한다

세월의 찌꺼기들을 걸러내고
다시 돌아오는 새해에 승부를 걸며
해와 달이 뜨는 곳 평화롭게 본다

떠오르는 태양 아래
힘찬 기운 솟아오르는 미래가 있기에
감사하는 마음 새해 희망을 기원한다.

동해안 안목항의 일출

이른 새벽어둠을 젖히고
넘실대는 바다로 희망을 향해 달린다
힘차게 떠오른 붉은 태양 바라보며
미래를 약속하는 자신감에 열광한다

수많은 인파의 모래사장 총총한 발자욱
출렁이는 힘찬 바닷물결 바라보니
태양을 가로지른 거대한 물 무덤의 변신
성난 파도처럼 본색을 드러내며 달려든다

저 멀리 수평선 잔잔한 물결 희망은
큰 바위 넘나드는 춤사위 반짝거리고
여기저기 하얗게 부서지는 물꽃
불끈 솟는 힘찬 미래를 약속한다

흰 갈매기 날개에 새해 소망 가득 실어
잔잔하게 떠도는 나룻배 타고 떠다니다
바람결에 누구도 침범하지 않으리라 믿으며
깊은 바닷속 포근한 숨결에 안기고 싶다.

21세기의 전쟁

세계적 재앙의 전쟁은 바이러스
호흡기관 생존 위협 돌변하고
대책 없이 앗아가는 목숨에
눈 뜨고 두 손 두 발 다 들었다

국내에 퍼져가는 신천지는
새로운 신종 사업이었든가
멀쩡한 목숨 노리며 달려드니
준비되지 않은 자 날벼락이다

국회의 생사는 목소리만 커지고
시커먼 해일처럼 밀려드는 현실
인간사 힘을 모아 깨우치는 회개로
더불어 사는 시대에 엄포였다

타임머신 타고 온 듯 우한 근거지
전 세계 울리는 깨우침이고
봄이 오는 거리 자연의 법칙으로
세계의 안녕과 환생을 꿈꾼다.

눈과 함께

온 세상 하얀 눈 바라보니
이대로 저 멀리 달려가고파

슬픔을 묻어버리고
하얀 순백으로 돌아가고파

그대는 나와 함께
눈 덮인 거리에 달려 나가
따스한 온기 손잡으며
그저 마냥 걷자 하네

아스라한 눈 거리의 환상
함께 마냥 걸으며
눈송이 소복이 쌓인 만큼
우리의 사랑도 깊어지고

주고받는 눈길 설렘은
마주 보는 환한 미소 되어
눈덩이 굴리던 추억 속
눈 덮인 세상 반해버렸네.

눈이 그치고

온통 눈 덮인 하염없는 길
서걱서걱 눈 밟는 소리 정겨워
발 도장 찍으러 간다

홀로 걷는 이 길
깊은 내 마음 오롯이 담아
정처 없는 발걸음 하염없다

누군가 만든 눈사람 녹아내리고
행여나 기다리며 움츠리니
눈에 뒹구는 낙엽이 가엾다

따스한 햇살 녹아든 눈물 되어
내 사랑 담아 낙숫물에 띄우고
때마침 까치 소리 반기는데
허전한 마음 왜일까

저만치 날아드는 회오리바람
한파를 예감하는 싸늘한 기운에
겨우내 속삭여줄 그대를 기다린다.

나의 봄

겨우내 추위에 떨며 기다린 봄
삐죽이 올라온 풀 향 그리워
인고의 시련도 견디어 낸 날
무궁무진한 활력의 기쁨이다

만물이 소생하는 계절
나의 전부를 일깨우는 세상
온 천지 소생하는 설렘은
새롭게 시작하는 희망이다

살랑거리는 봄바람에
춤추는 나비 날아다니고
가는 곳마다 꽃 피어나니
꽃향기 가득 실어 나른다

꽃샘추위도 반갑고
꽃망울 터트리는 축복
끊이지 않는 축제에
케케묵은 감정도 날려버렸다.

평화로운 날 기다리며

엄동설한 강추위 이겨내고
새해에 덕담 나누는 온정
인내하는 미래 희망이 있다

온통 떠다니는 바이러스에도
인간 생사 인내하는 날
소리 없이 쌓이는 하얀 눈 보며
폭설에 각양각색 얼음꽃

천재지변 분노의 재앙은
단절된 방황 피곤하고
지난 추억 그리움만 사무쳐
금의환향 소용없다

우리 모두 힘찬 파도 소리 들으며
산새들과 메아리 울려 퍼지는
평화로운 그날을 기다린다

봄이 오면 차디찬 언 땅 녹이며
온 천지에 피어나는 꽃처럼
찬란하게 피어날 것이다.

성북동 길상사의 봄

정숙하고 한산한 법정 스님 손때 묻은 길
팻말의 눈에 띈 한 줄 시 마음을 씻는다

길상사 입구 오른쪽 쭈욱 들어가면
새싹들이 너도나도 움을 틔우느라 고물고물
파릇한 잎 삐죽이 내밀며 반긴다

왼쪽 좁은 길 따라 안쪽으로 가면
아늑한 산비탈 길 숲속
스님 숙소가 푹 파묻혀 있다

양지바른 풋풋한 상큼한 내음
삐죽이 올라오는 생명력 반하여
다정한 속삭임에 한참 서성인다

새싹 여린 잎 내미는 입맞춤
미소와 함께 절로 입 벌리고
억센 손 놀라며 행여 다칠세라
주머니 손 꾸욱 누른다

어느덧 한나절 해가 진다고
새싹들 아쉬운 작별 손 내미니
내일의 새로운 봄을 약속한다.

봄 마중

세찬 바람 뺨을 스치던
시린 날 가고
미안한 맘 그대로 둔 채
작별 인사 없이 가버렸네

마른 가지 틈새에
뾰족이 내민 푸른 잎 찾아
내 마음 벌써 꽃을 피우고 있네

벚꽃 향기 따라다니던 그날 못 잊어
꽃향기 찾는 나비와 함께
아지랑이 속으로 날아가고파

꽃비 내리는 날은
두 손 모아 가득 담은 향기에 취하고
영혼까지 함께 할 봄을 기다리네.

희망의 봄

따스한 햇살 따라
마른 가지 새싹 돋아나고
꽃망울 터트리니 경이로워라

들로 산으로
달려 나온 젊은이들
힘찬 웃음소리에
덩달아 웃음꽃 피네

봄을 향해 가는 계절
콧등에 간지러운 보슬비
물오른 생명줄로
온천지에 생기 가득

한 해의 희망 담아
새로 태어난 마음으로
거리엔 총명한 눈빛
살맛 나는 세상이어라.

꽃을 찾아

너무 예뻐 널 바라보다
향기 따라 슬며시 다가가니
코를 잡아 바짝 들러붙는다

반가움에 널 두고 갈 수 없어
머물던 그 자리 떠나지 못해
미련이 너무 많았나 보다

그 자리 마음 담아 놓고
걱정하지 말라 다독이며
잊지 못할 미련 또 놓아둔다

매일매일 보고파 조르고 싶지만
가슴에 새긴 그대로 두고
다시 만날 그날을 약속한다.

성북 천 벚꽃 길

벚나무 들어선 개천 길 따라
활짝 핀 벚꽃 흩날리네

흐르는 물 따라 두둥실
천수에 송사리 떼 놀자 하고
바람아 날아라 더 높이 날아라
이참에 봄꽃 나들이하자

살랑대는 치맛자락 바람 부는 데로
벚꽃 닮은 하얀 나비 날아들어
수줍은 꽃잎 미소 활짝

저편 비둘기 떼 날개 활짝 펴며
돌다리 건너 힘껏 날아가 보고
달려온 꼬맹이 덩달아 뛰는 모습

따스한 봄바람 햇볕 아래
쌓이는 꽃잎 마음 열어주어
온통 하얀 벚꽃들 새봄의 희망이네.

진달래 연정

뽀얀 술잔 햇살 받으며
연분홍 진달래 새색시 되었네
술잔에 취하려 살포시 몸 담그며
발그레한 미소 입맞춤 하자네

이 얼마나 향기로운 날인가
따뜻한 너의 입술 스며드는 꽃내음
내 품에 녹아드는 부드러움

내가 너를 보듬으니
천상의 이런 인연 어디 있소
술에 취해 너에게 취해
신명 나는 어깨춤 절로 난다네

산중에 달달한 합궁하니
천하의 부러울 게 없어
먹구름 낀 하늘 맑아지고
천둥번개 날벼락 친들 두렵지 않네

수줍은 너의 마음 알았으니
무언들 치중하고 싶지 않고
고운 당신 품으며 약속한다네
진달래 막걸리 술잔에 흠뻑 취해
사랑에 눈멀어 갈 길을 잃었다네.

저 언덕 넘어

겨우내 얼었던 물밑 사이
희망찬 물결 재잘거리는 소리
봄볕 아래 물오른 새싹 찬란하다

웅크렸던 어깨에 날개 달린 듯
두 팔 벌려 거리에 달려 나가
설레는 가슴 활짝 열어젖힌다

새로운 기쁨에 활짝
온통 꽃 피어나니
흐르는 시냇물 따라
아지랑이 따라나섰다

저 언덕 넘어 임 오시려나
남쪽에서 부는 바람 맞으며
내 가슴 새 희망
힘찬 내일을 꿈꾼다.

봄 향기 실은 남산 케이블카

봄 햇살 따라
큰맘 먹고 쭈욱 올라가니
꽃샘추위가 오지 말라 길을 막는다

더 높이 올라가니
가로수 따라 개나리 진달래
인증 사진 핸드폰에 담으며
저만치 벚꽃은 어서 오라 손짓한다

이름 모를 꽃들도
너도나도 반기는데
웃음꽃 눈이 부셔 길을 잃었다

오르는 길 따스한 봄바람
쭈욱 따라오니 기쁜 마음 가득
설레는 사랑이 다가온다

어느새 도착한 케이블카에
웃음꽃 꽃향기 가득 실으니
내려다보이는 저 아래에
꽃들의 미소 향기 폴폴 풍긴다.

봄이 새록새록

남쪽에서 부는 바람
상큼한 풀 내음
향긋한 꽃 내음
설레는 가슴에 벌써 봄

한천로 걷다 보니
졸졸 흐르는 물소리 정겨워
징검다리 발걸음 힘이 나고
맑은 물속 얼굴 비추다
꽁꽁 싸맨 내 모습에 화들짝

저만치 청둥오리 노니는 모습
분주한 날갯짓 미소 가득
나도 따라 봄나들이 하고파
양지바른 모퉁이 파릇한 망촛대
삐죽이 내민 쑥 향이 반갑다

어느새 봄볕 따라 눈이 부셔
저절로 윙크하듯 찡그리다
낯익은 이웃 사람 마주쳐
함박 웃음꽃 활짝 피웠다.

석촌 호수에서

봄비가 보슬보슬 내리는 날
시인들의 시화전이 형형색색
하나둘씩 친구 삼아
꽃들과 함께 나란히 어깨동무했다

이날은 비가 철철 내려도 좋다
시화전과 어우러지는 동안
시심에 감동한 듯
먹구름에 굵어진 빗줄기 물러섰다

어느새 햇살 반짝
호수는 천지의 물청소한 듯
모든 모래 먼지 쓸어버리고
새롭게 태어난 듯 만물이 영롱하다

봄꽃들과 어우러진 청아한 호수
서울 한복판 경치가 아름다워
이보다 더 멋질 수 있으랴.

오월의 장미

탐스런 빨간 장미꽃
푸른 잎 내어준 모습에
송이송이 제 얼굴 치장하고
저마다 맞선을 보인다

요동치는 내 가슴
유혹하는 향기에 이끌려
싱그러운 마음 살포시
잠시 곁에 머물러 간다

활짝 웃어주는 너를 보니
온몸으로 전율처럼 들어와
오금이 저리도록 떨리고
미치도록 사랑하고 싶다

사랑할 나이 오월의 장미
바람 따라 한들한들
사랑 따라 살랑살랑
살포시 다가와 입 맞춘다.

벤자민

햇볕 좋은 날
너를 보며 반하고
눈멀어서 정신 차리려
곁을 서성인다

속 깊은 사랑을 만나
시원한 물로 씻겨주며
반짝거리는 눈망울 마주쳐
내 마음 들켜버렸다

병마에 시달려 아파도
애틋한 마음 곳곳에
매일매일 떠나지 않으려
언제나 함께하겠다는
영원한 사랑이고 싶어

바람 불어 추위에 떨 때
외로워할 줄 몰랐고
귓가에 속삭이는 소리
이내 마음 고백한다.

산에 올라

내 마음 산과 함께
정상을 향해 숨 쉬러 간다
높이에 따라 거리를 정하고
향하는 기대감에 마냥 설렌다

신록의 계절은 바람결 따라
이마에 스치는 시원함은
가슴까지 상쾌하다

높게 뻗은 나뭇가지 오손도손
더위에 햇볕을 가려주는 고마움
까마귀 까치 딱따구리가
기운차게 날개를 펼친다

나무 풀 흙냄새가 기분 좋은
활력을 선사하며 마주 보고
느끼는 이 순간이 행복하다

산에 오르는 지금
자연이 주는 공기를 마시며
몸과 마음의 미래 희망을 꿈꾼다.

매미의 계절

신록이 넘치는 계절 지나
처절하게 울어대는 매미 소리
출렁이는 강물 따라
마음껏 뛰어놀다 일취월장하려나

시원한 느티나무 그늘에
낮잠 자는 아기 무슨 꿈을 꾸고 있나
매미의 합창 소리 자장가 되었지

너도나도 목청 높여 울지 마라
곤히 자는 우리 아기
잠투정할세라 소리 낮추자

이 순간 지나면 다시 못 올 기약
안타까운 마음 서러워 떼창을 하는
멀어지는 아쉬움에 또 울어대네.

여름 숲과 함께

한여름 찜통더위의 도시를 떠나
작정하고 고향길을 나섰다
찌르르 찌르르 풀벌레 소리 신선하고
가까스로 안착한 자리 시원하다

한낮 태양 아래 우직한 나무들
짙은 녹음의 식물들은 꽃을 선보이고
흐르는 계곡 청량한 물소리 짜릿한 감동이다

빽빽이 늘어선 싱그러운 나무 그늘
매미가 울어대는 정적을 깨우는 소리 정겹고
산 좋고 물 좋은 고향의 어릴 적 추억이 있다

일찌감치 해 저무는 골짜기 가로등 하나둘씩
주위를 둘러보며 자연과 함께하는 기운에
시원하게 스치는 바람결 마음껏 숨 쉬는
숲속에 몸담는 순간 온몸으로 파고든다

곧게 뻗어 올라간 늘씬한 전나무들 올려다보니
어둑한 밤하늘 별들이 총총 어우러지고
고향 향수 그리며 어느새 동심으로 돌아간다

작정하고 앉아 자연의 소리 귀 기울이니
흉내 낼 수 없는 풀벌레 소리 새소리
메아리 퍼지는 여름 숲의 행복감은
새벽녘 자연의 숲 소리부터 상쾌하다.

여름이 좋아

무더운 여름 뜨거운 태양
마음은 벌써 그곳에
지난 세월 추억이 떠올라
무작정 달려간다

어릴 적 고향 앞개울에서
해지는 줄 모르던 시절
여름이면 잊지 못해
새처럼 날아오르듯 설렌다

턱까지 차오르는 강가에서
물장구치며 둥실 떠오르고
먼바다에서 빠르게 덮쳐오는
파도타기에 신명 났던 순간

줄기차게 내리던 장맛비에
서둘러 가속도를 높여 달리고
산비탈 폭포수에 세차를 겸하며
빠르게 달렸던 환상

장마철 개울가 텐트 치고
밤새 내리던 빗물이 차올라
꿈결에 정신 못 차리던
그 순간마저 여름이 좋다.

사랑하는 마음

떠오르면 다가오는 설레임
자꾸만 눈멀어질까
성급한 조바심은 왜일까

소낙비 오는 날 함께
흠뻑 맞으며 하염없이 거닐고
바람 따라 날아다니고 싶어

들로 산으로
내리쬐는 햇살 아래
모든 만물이 소중하네

사랑하는 마음 한가득
나비 되어 춤을 추고
새가 되어 높이높이 날아가네.

사랑의 향기

꽃들과 안부 물으며
그 향기 속으로 빠져들고파
외로운 나 향기 가득한
너의 품속으로 달려간다

너의 향기에 취해
온통 나를 반하게 하고
온 세상 모든 행복
진하게 품어주는 사랑

가슴이 너무 설레어
애타게 그리워
그 누구도 따라 할 수 없는
너만의 향기 간직하련다

그윽한 향기 못 잊어
오래도록 흠뻑 취하고 싶어
사랑한다고 말하며
행복한 노래 불러본다.

사랑의 선물

어느 날 소녀는
사랑의 큰 선물을 받았다
너무 큰 선물에 떨리는 작은 손
그만 놓치고 말았다

먼 훗날 잊힌 줄 알았는데
더 큰 선물의 기회가 왔다
커진 손의 선물은
오색찬란하게 반짝거린다

이젠 절대 놓치지 않으려
눈을 크게 뜨지만
황홀한 선물 너무 행복하다

가슴속 파고드는 벅찬 감격
바라만 보아도 눈이 부셔서
삼키는 눈물 미소로 번진다.

정으로 사랑으로

인생에서 가장 행복할 때
내 마음에 반하여
모든 세상이 달라진다

산과 들엔
아름다운 꽃 미소
온통 사랑이 피어올라
몸도 마음도 후끈

천지의 순간마다
보이는 모두가 아름다워
이내 가슴 행복하다

정으로 사랑으로
행복을 느낄 때
넘쳐나는 용기
거침없는 기쁨이 온다.

안부

행여 누가 물으면
무심한 사람이라며
하지만 소식이라도 들을까
진심의 귀 기울입니다

신상의 별일 없는지
남몰래 근심 가득
생각만 했을 뿐인데
왠지 가슴이 시립니다

비가 주룩주룩
창가에 맺힌 빗물 눈물 같아
함께 마시던 커피 한 잔에
지난 추억 안부를 전합니다.

제목 : 안부
시낭송 : 최명자
스마트폰으로 QR 코드를 스캔하면
시낭송을 감상할 수 있습니다

50

사랑 꽃

보이는 모든 세상
바라보는 모든 만물
활짝 피어나는 꽃이어라

봉우리마다 활짝
가슴 부풀어 훨훨
황홀하게 바라보는
환한 미소 다가온다

품어내는 꽃향기
가슴 열어주는 사랑
언제나 함께 마주 보는
아름다운 꽃

매일매일 웃고 있는
마주 보는 꽃을 따라
활짝 핀 꽃 영원하리라.

비 오는 날이면

비 오는 날이면
간절하게 파고드는 사랑으로
가득 실어 오는 열기를 느낀다

세차게 내리던 비가 잦아들 즈음
창문 밖에 빗줄기 나를 부르고
내 가슴 스르륵 사랑이 찾아든다

두뇌로는 네가 생각나고
가슴 벅찬 설레임 전율이 올 때
언제나 난 너에게 넌 나에게
행복 가득 주는 우리의 사랑

서로의 얼굴 마주 보는 시간이면
달콤한 말 한마디 고백으로
하나 된 마음 확인하며 주고받는다

흠뻑 내린 흙바닥에 환희 되어
내 마음의 촉촉함도 함께
활짝 핀 꽃으로 피어나길 소망한다.

제목 : 비 오는 날이면
시낭송 : 김혜정
스마트폰으로 QR 코드를 스캔하면
시낭송을 감상할 수 있습니다

평생의 사랑

몸과 마음 청춘을 내세워
에로스 사랑을 꿈꾸지만
인생의 낡아버린 세월
아가페 사랑을 한다

어쩔 수 없는 핑계로
이기적인 마음 앞서고
아름다운 사랑을 원하며
무조건 앞장서는 모험

평생의 사랑에서
청춘의 에로스
중년의 플라토닉
노년의 에로스 사랑

모든 걸 겪어봐야
사랑이라는 단어를 논하고
완전한 사랑을 말하며
진정한 사랑을 희망한다.

꽃이 피네요

잠에서 깨어나면 당신 생각
사랑을 꿈꾸며 그대로 하루를 살고
내 마음 풍선처럼 부풀어서
구름처럼 저 하늘로 둥둥 떠다니네요

날이 갈수록 아름다운 세상
나비와 벌들은 친구 되고 싶어
꽃들이 너무 예뻐 속삭이며
향기 속으로 빠져들어요

당신과 함께라면 그 무엇도 두렵지 않아
이 세상에 내 마음은 항상
활짝 핀 꽃들과 이야기 나누며
향기 가득 설레는 맘 가득하네요

당신을 만나 행복하고
언제나 미소로 바라보는 눈빛
다가가는 내 사랑 기쁨에 젖어
보이는 건 모두가 꽃이 피네요.

초록 장미

청아하고 고귀하게 피어나
너무 행복해서 기쁨 가득
미련이 많아 초록 장미라네

천상의 빛으로 피어나
바라만 보아도 설레는
마주 보는 환상이어라

영원한 사랑으로
화려한 아름다움으로
그대의 예쁜 꽃 되었지

세상에 다 이루지 못한 꿈이여
바라보는 초록 장미가 눈부셔
이대로 바라만 보아도 좋아

꿈에도 잊지 못할 그대
소곤소곤 행복한 미소로
가슴 부풀어 훨훨 날아오르네.

비 내리는 날

창문밖에 추적추적 비 내리고
떠오르는 모습 하나 있어
정겨운 빗소리 들으며
내 마음 설레고 있네

전화가 와주기를 기다리고
너의 밝은 웃음 나를 불러주어
오늘이 가고 내일이 와도
언제나 내 앞에 있네

비를 가르는 차안에서
손 잡아주는 따스한 온기
운치 있는 찻집의 유리창은
맺히는 빗방울도 영롱하네

너는 나에게 나는 너에게
반짝이는 눈빛 행복한 미소로
영원한 사랑 다짐하며
너의 향기에 흠뻑 취하네.

마주 보는 사랑

너울너울 춤추는 초록 잎
당신 모습 떠올리며
설레는 가슴 부풀어 올라요

비추는 태양처럼 불러주고
뜨거운 가슴으로 당신 보며
활짝 웃어주는 순간 행복해요

호호 나이 되면 나란히 손잡고
두 팔 벌려 무지개 세상으로
언제나 행복한 길 걸어요

바쁜 세상 재촉하는 걸음
마주 보는 사랑 행복해하며
당신과 사랑 노래 입 맞추는
아름다운 세상에서 살아가요.

도라지꽃

나이 들어 늙어져도
반백 머리 동여매고
얼룩진 미소로 반깁니다

이마에 윤기 나는 주름
촉촉한 눈동자 바라보며
서로의 숨결로 다가갑니다

아름다운 세상에서
보이는 것만이 전부가 아닌
가슴속 영원한 순정으로
당신을 사랑합니다

숙련된 신체의 기품은
언제나 설레며 바라보는
영원히 사랑한다는
하얀 도라지꽃을 바칩니다.

제목 : 도라지꽃
시낭송 : 최명자
스마트폰으로 QR 코드를 스캔하면
시낭송을 감상할 수 있습니다

널 그리며

네가 떠나기 전
남겨 놓은 흔적
회오리바람 파고드는 그리움
가슴이 미어진다

사무치게 그리운 당신
흐느끼는 슬픔에 한이 되어
흐르는 눈물 막을 수 없어

네가 먼저 떠난 그곳
아픔이 아닌 태평성세인지
네가 보이지 않는 허공만 본다

당신과 함께 한 시간
행복했던 날의 그리움
돌이킬 수 없는 삶의 한탄은
서러움에 눈시울이 뜨겁다.

미움을 버려야 할 때

미움을 가지는 시간은 짧지만
버리는 시간은 길다

미움을 주는 자는 편하지만
받는 자는 괴롭다

인간사 생사를 겪어봐야
인생의 소중함을 깨닫게 되고
상대의 소중함도 알게 된다

미움을 버리고 용서한다면
진정한 사랑이 가득할 것이다

사랑을 원한다면
미움을 버려야 할 때가 된 것이다.

인연

우리의 만남은
그날 그 순간 설렘으로
온통 기쁨이었답니다

활짝 핀 꽃처럼 미소 한가득
가슴속 진한 사랑은
너와 나 한마음 한뜻

산 너머 바다 건너
폭풍 속 몰아치는 파도에
비바람 언덕을 지날 때도
생사의 순간까지 변치 않았듯

우리는 행복했던 순간처럼
이별 앞에 놓인 현실 앞에서
절대 외롭지 않았기에
영원히 잊지 못할 인연입니다.

운명

설렘으로 다가온 날
세상은 온통 기쁨으로
너무 행복하기만 했다

가슴속 사랑이 스며들어
함께 가는 곳마다
활짝 핀 꽃향기 미소 가득

일편단심 한마음 한뜻으로
비바람 몰아치는 언덕에서도
파도 출렁이는 거센 바다에서도
온통 사랑으로 견디었다

산 너머 바다 건너 평야라지만
그토록 믿었던 사랑 흔적 없고
생사의 적막한 이별만
먼 훗날의 운명이라 했다.

잊지 못할 내 고향

고향에 가면 내가 밟은 자리
잊지 못해 고개 돌리지 못하고
잃어버린 한곳만 바라본다

꼬불꼬불 비탈길 사라진 자리
대로변 달리며 사방을 살피고
어린 시절 삶의 현장에 빠져든다

봄이면 산나물 향에 취하고
여름이면 졸졸거리는 시냇물 소리
가을이면 황금 들녘 참새 쫓던 시절
두뇌 속 총총 박혀 있다

꿈에도 잊지 못할 내 고향
해마다 변해가는 모습 살피며
내 마음도 변하고 싶지만
한 장의 수채화로 남긴 채
이대로 영원히 멈춰버렸다.

제목 : 잊지 못할 내 고향
시낭송 : 장선희
스마트폰으로 QR 코드를 스캔하면
시낭송을 감상할 수 있습니다

고향의 풍경

어머니 따라 화전 밭으로
광주리에 새참 이고 분주한 발길
계단식 밭두렁까지 숨 가쁘게 오른다

딸아이는 양은 주전자 출렁이는 소리
아버지의 소몰이 노랫가락 메아리 되어
엊그제 고삐 뚫린 어린 소
바라보는 어미 소 눈망울이 애처롭다

어머니 이고 온 새참 풀숲에 놓으니
뜨끈하게 말아 올린 국수 가락
고단한 아버지 젓가락에서 너울춤 춘다

아버지의 법 없이도 산다는 실눈 웃음
자식 손 꼭 잡은 양은 주전자 막걸리는
한나절 피로의 갈증을 모두 날려버렸다.

제목 : 고향의 풍경
시낭송 : 장선희
스마트폰으로 QR 코드를 스캔하면
시낭송을 감상할 수 있습니다

청량리역에 가면

청량리역에 가면
고향에서 올라오신
울 엄마 오실 것 같아

어릴 적 고향 가는 발걸음 기차역
시계탑 밑 광장에서
샌드위치 굽던 고소한 내음
한나절 기다려도 마냥 즐거웠던 곳

지금은 흔적 없는 사라진 그 자리
훗날 엄마 모습 흔적 느끼고 싶어
그리워 그리워서 한달음에 달려갔다

가슴속 새겨둔 장소를 더듬으며
여기저기 돌아다녀 보지만
눈부신 거대한 빌딩 아래 배회하는
사무치는 그리움만 남아 있다.

내 고향 용문 친구(환갑 축시)

꿈에도 잊지 못할 친구가 보고 싶어
내 고향 용문으로 만사 제치고 달려왔다

청명한 가을 하늘 아래
곱게 물드는 단풍 같은 친구
인고의 국화 향처럼 오래도록 그윽한 친구
나이 들어 주름지고 백발이 성성해도
우리는 어릴 적 청순함에 반한다

잘 숙성된 고향 포도주의 향기 같은 친구
잘 빚어진 용문 막걸리처럼 달콤한 친구
바라만 보아도 웃음꽃 활짝 피어나고
흥겨운 몸짓에 훨훨 동심으로 돌아간다

우리 모두 발맞춰 가는 인생길은
살아온 세월보다 남은 세월 짧을지라도
때로는 뜨거운 열정의 태양처럼
때로는 환하게 밝히는 보름달처럼
나만의 빛깔로 그렇게 만나고 싶다

수십 년을 살고 예순의 나이 되어
'인생은 60부터'라는 말 무심하지 않게
더 많이 사랑하고 감사하며
더 많이 보듬어주는 우정으로
내 고향 용문에서 영원한 친구가 되자.

어머니의 안다미로(순우리말 시)

어머니 날 낳으시고
아들 바라기에 허우룩

하늘이 노래지던 날
해거름 지나 저녁나절
별 숲 아래 끝으로
온 누리 무너져 버렸다

지금껏 살아온 삶에
애달프게 속 타들어 갈 때
사내아이 태어나고
모두 함께하는 기쁨

도담도담 큰 사람 되라며
모든 시름 떨치는 다소니
다솜의 내리사랑 올리사랑

이제는 옛살비 그리워
어버이 말씀 새기며 띠앗머리
흐노니 하는 하늘바라기 되었다.

1. 안다미로 : 담은 것이 그릇에 넘치도록 많이
2. 허우룩 : 마음이 매우 서운하고 허전한 모양
3. 해거름 : 해가 서쪽으로 넘어가는 일
4. 별 숲 아래 : 별이 총총 떠 있는 하늘을 비유적으로 이르는 말
5. 온 누리 : 온 천지
6. 도담도담 : (어린아이 등이) 별 탈 없이 잘 자라는 모습
7. 다소니 : 사랑하는 사람
8. 다솜 : 애틋한 사랑
9. 내리사랑 : 자식에 대한 부모의 사랑
10. 올리사랑 : 부모에 대한 자식의 사랑
11. 옛살비 : 고향
12. 피앗머리 : 형제자매 사이에 우애하는 정의
13. 흐노니 : 누군가를 몹시 그리워 동경하다
14. 하늘바라기 : 멍하게 하늘을 바라보는 일.

어머니의 가래떡

설 명절 되면 김이 폴폴 말랑한 가래떡
대로변에 노릇하게 구워 파는 가래떡을 볼 때
어머니의 손맛이 그리워 발걸음을 멈춘다

정갈하게 썰어 놓은 다양한 잡곡류의 가래떡
백년초 현미 호박 흑미의 시각과 미각
어머니는 하루 전날 커다란 양푼에 쌀을 불려
다음날 우물가에 조리질로 분주하다

소쿠리의 듬뿍 물먹은 흰쌀을 건져내면
뽀얀 쌀 위에 짭짤한 굵은소금 한 움큼 얹으니
고무 함지박의 베 보자기 덮어질 때
따리 틀어 정수리에 이고 흐트러짐 없는 발걸음
아낙네와 아이들이 왁자한 방앗간에 도착한다

틀에서 삐져나온 뜨끈한 가래떡 찬물에 끊어 담고
혀에 감기는 구수하고 말랑한 맛 허기를 채운다
집에 돌아와 어머니가 머리에 이고 온 가래떡
짙은 손맛의 조청까지 찍어 먹는 달콤함이다

어머니의 깊은 사랑만큼이나 쫀득한 맛은
이웃집에 나누어 먹는 명절 행사 행복하고
하루 지나 적당히 꾸덕해진 가래떡
가족이 둘러앉아 줄 맞춰 썰어진 풍성함이다

가래떡은 화롯불 석쇠에 구워 먹는 구미와
동생 볼에 숯 검댕으로 웃음이 만발했던
세월 속 사라진 어머니의 가래떡 맛
그 시절 그 맛이 그리워진다.

고향의 여름밤

도시의 불볕더위 품에 안고
설레는 내 고향으로 달려간다

이른 오후
나무 그늘에 텐트 치니
아늑한 보금자리 하룻저녁 쉬어가라고

늦은 밤
산속 비탈길 한 바퀴 돌다가
길쭉한 나무들 합창하는 바람 소리
등골이 오싹하도록 시원하다

신록의 기운이 넘치는 숲속
하룻밤 동안 귀뚜라미 풀벌레
정겨운 노랫소리 친구 된다

떠오르는 보름달 보며
쏟아지는 별빛 함성 합류하고
내 고향 밤하늘이 아쉬워서
밤새워 스케치를 그렸다.

제목 : 고향의 여름밤
시낭송 : 최명자
스마트폰으로 QR 코드를 스캔하면
시낭송을 감상할 수 있습니다

행복한 꿈

그렇게 간절했던 부모님을 만났다
귓전에 들리는 어머니의 잔소리
아버지의 호통치는 소리 정겹다

두 분의 지원군 어깨에 날개 달았다
어머니의 따뜻한 손길
아버지의 다정다감 한마디
두 분 손끝 놓칠세라 아등바등

비몽사몽 현실에 다시 설 잠에 빠졌다
암흑 속이 두려워 웅크린 사이
홀로 남은 삼만리 길 서러움 한가득

저만치 두 분의 환한 미소 아른거릴 뿐
어느새 행복했던 꿈이 사라질 줄 몰랐다.

어머니의 보리밥

가마솥에 시커먼 보리쌀이 설설 끓어오르면
타닥타닥 시뻘건 장작불도 잦아든다

솥뚜껑 활짝 열어 물방울 김이 내리면
아버지가 만든 소쿠리에 건져 내고
윤기 나는 하얀 쌀 한 움큼 얹어
토실한 보리밥 보드랍게 짓는다

올록볼록 양은 양푼에 따끈한 보리밥
시큼한 열무김치 얼갈이 겉절이 생채 나물
어머니의 고추장 들기름에 비비는 소리
고소하고 매콤한 비빔밥 꿀맛이다

아궁이의 보글보글 강된장 끓는 소리
갓 쪄낸 호박잎에 보리밥 한 수저
그 시절 그대로 따라가 버린 그 맛
어머니의 보리밥이 간절하게 그립다.

제목 : 어머니의 보리밥
시낭송 : 최명자
스마트폰으로 QR 코드를 스캔하면
시낭송을 감상할 수 있습니다

74

어미

비나이다 비나이다
이 못난 어미는
두 손 모아 평생을 빕니다

미련 후회 반성을 비롯해
다시 잊어버리자 하며
마법을 걸어보는 소견
갈 길이 머지않아 작아집니다

어디선가 다정한 목소리
힘차게 불러줄 것 같아
허공 속 환상으로
허둥지둥 두리번거립니다

세월 속 아무도 없는 메아리
홀로 소리치고 부르다
애타는 회한으로 통곡합니다.

텃밭

농군의 딸로 태어나
자급자족 텃밭 가꾸는 일
하루하루의 보람이었다

날마다 자식처럼 눈 맞추며
무럭무럭 자라는 활력소
풍만한 채식 거리
몸도 마음도 생기 가득

정성 된 손길 통하는 만큼
노력하는 대가로
시각 미각을 제공하는
삶의 진실 행복이다

흙에 얼룩지는 손길
자만하는 여유로움 되어
풍성함의 먹거리 대단하고
싱그러운 식단 선물이다.

피붙이

지난날 부모 형제 가슴을 치지만
곱게 바라보지 않던 상처 있어
애쓰는 안타까운 마음
가슴 따스해지길 소망한다

부모님 가신 한을 담아
따뜻한 아랫목에 앉아 보아도
쓸쓸한 흔적 서늘하여
여미는 옷깃 인내로 버틴다

이 세상 살며 어두웠던 시절
울컥하는 소견의 후한
떠오르는 태양 기다리며
유리창에 걸린 볕을 본다

끈끈한 정이 그리워 애잔하고
잊지 못할 기억 후회하며
야속한 달밤이 애처롭다.

자매의 숙명

속절없는 인생
함께 자란 설움 미련이 남아
전생에 지은 죄 많았나 보다

너무 가까워 보이지 않는 규칙
유일한 혈연이 너무 고마워
천륜의 남발인가

오늘도 내일도
애증의 우애가 아닌
친선 관계 간절함에
오롯한 마음 오만을 버린다

지난날 맺힌 한이 충만하여
피멍도 아닌 멍울의 상처
수호천사 자진할 때
말 한마디 후회 가슴을 친다.

아침 식탁

시간을 다투는 아직 이른 시간
눈빛만 보아도 할 말을 짐작하며
식탁 앞에 나란히 줄 맞춰 앉았다

사랑 듬뿍 식감으로 정신 활짝 깨워주고
정성 가득 담아 색감으로 미소 얹어 주며
보글보글 끓어오르는 활기 환해진다

한입 물고 오물오물 오감의 식욕
각자의 정해진 일과를 알아주며
몸과 마음 상쾌한 아침을 시작한다

눈에서 멀면 보고 싶고
마주 보는 미소 소진되어 가도
함께하는 마음 소중하다

눈물샘 자아내는 애틋함
무한의 잠재 속 감동을 자극하고
세월 속 희로애락 함께하며
담아낸 식단에 희망찬 미래가 있다.

첫아들

건강한 유전자로 태어나
세상 부러울 게 없던
온 동네 잔칫날

버거운 삶의 견디었던 사랑
동네 개구쟁이 장난꾸러기는
간절한 희망의 기원으로
오롯이 견디는 기쁨이었다

함께 바라볼 태양 기다리며
잘 찾아가는 구만리 길
세월 속 풀어갈 날 간절하여
이제나저제나 그날을 꿈꾼다

훗날 멀어져 간 뜬구름아
어미 곁을 떠난 자식 생각
가슴 타들어 갔던 수많은 세월
하염없는 눈물 한이 되어
비교할 수 없는 모정으로 산다.

딸아

태생부터 가슴 아려온 딸아
당당하게 살길 바라는 근심 걱정
밤낮으로 노심초사 그러했다

어느새 눈시울을 적시는 슬픔
현실의 웃는 날 되어가지만
미래의 삶이 밝아지길 기도하며
인내하는 기다리는 맘 기쁘다

지난 시련보다 현실의 인생
눈빛만 보아도 짐작하며
왠지 덩달아 가슴 설레게 하는
행복한 미래를 꿈꾼다

미래 인생 원 없는 꽃밭에서
온통 아름다운 꽃길로
향기 가득한 세상을 향해
끊임없는 행복 노래 불러보자.

딸 시집가네

새하얀 드레스 꽃장식
저 하늘 별처럼 빛나는 눈빛
환하게 다가오는 보름달 같아

너무 예뻐 달려가지만
보이지 않는 뿌연 안개
가슴속 눈물보 하나 매달고
터질 것 같은 틈새에 주르륵

버릴 수 없는 모정에
일분일초 소중한 현실
미련 떨쳐버리자 다짐하며
인생 탓 한풀이 눈물만 흐르네

허공에 뜬구름 잡으려다
다시 오지 않는 지난날 미련
밤새 악몽에 시달리다
꼬박 지새는 하얀 밤.

결혼 행진곡

늦가을 햇살 따라
온천지 축복하는 날
구름 위 천사 앉았네

어느 별에서 왔나
빛나는 별빛 길 열리니
혜성처럼 나타난 신랑 신부
환호하는 함성 커지네

고운 신부 축가 송으로
떨리는 음성 점점 퍼지고
신랑 신부 듀엣 송 선율에
흥겨운 축복 기쁨 가득

감추어진 빛나는 보석
세상에 보이는 빛보다
어머니의 눈물 속 진실

사랑하는 간절한 마음
넘치는 미래 행복에
영혼까지 약속하네.

딸과의 병상 동거

겨우내 날카로운 얼음에 찔렸다
피를 철철 흘리며 딸과의 동거가 시작되고
함께하는 통곡을 신께서 들어주셨다

찔리면 아프다고 소리 지르고
약을 발라 새살 돋으면 마주 보며 기뻤다
병상의 생사에서 새 심장 받아 감사하며
말할 수 없는 고통도 선물로 받았다

찔려도 베어도 참아내고
자식이 울며 어미의 심장을 구할 때
얼마나 간절했는지 알기에
어미도 울면서 펄펄 뛰며 참아냈다

호전되어 갈 때 희망에 찬 감사함은
병원식 함께 먹고 일거일동 매일매일
서로 마주 보는 것만으로도 행복했다

가끔 병원 옆 창경궁을 바라보며
서로 어떤 생각을 하는지 짐작하고
작은 소망이라도 크게 꿈꾸며
미래의 행복해질 희망을 품었다

겨우내 하얀 눈밭에 뒹굴어 보지도 못하고
펑펑 내리는 눈송이와 인사도 못 했지만
눈발 동장군에도 아름답게 피어난 동백꽃처럼
먼 훗날 환생하여 지금의 이야기를 기억하리라.

막내아들아

늦었다는 삶의 시작이었던
모태부터 인생의 행복이었다

잘 자라주는 모습의 기쁨
마음의 버거움을 준 것 같아
온 마음 현실의 감당이었다

모자지간 함께하는 보람에
미래 희망 장담하고
감사하는 큰 선물

막바지 수능 공부할 때
책상에 엎디어 밤새 잠 못 자던
인생 설계 성공이라는 목표로
평생 기도하는 인내심이었다

비바람 불어도 잘 견디었고
바쁘게 살다 병상에 누었을 때
아들의 앞날을 굳게 믿으며
기도하는 마음에 늘 사랑이었다.

빛나는 별

한 세상 버거운 삶에
가슴이 타들어 가도
사랑의 힘으로
모정의 힘으로
저 하늘 빛나는 별 따라
하염없이 바라보고 있다.

오디의 추억

소녀들이 조잘대는 하굣길
저만치 뽕나무가 손짓하며 초대한다

탐스럽고 달콤새큼한 오디는
간식거리로 허기를 채울 때쯤
서로 마주 보는 눈빛 웃음이 만발한다

소녀들의 진한 보랏빛 입술로 물들 즈음
어느새 하얀 블라우스에도
저마다 보랏빛 십자 무늬가 반짝거린다

오늘은 보랏빛 소녀와 통화를 하며
싱싱한 오디 맛 여운에 입안 가득 군침 돌고
그녀와 함께 한바탕 웃으며
추억의 동심 여행으로 행복한 시간이었다.

인생

철들었다는 말은
세상의 이치를 알았다는 것입니다

사랑한다는 말은
열정과 젊음이 있다는 것입니다

감사하다는 말은
인생을 잘 살았다는 증거입니다

인간은 모자람을 더불어 채우며
나란히 동행하는 것이
감사함의 행복을 주는 것이고

자연의 섭리는 사계절의 정기로
새싹을 틔우며 활짝 꽃을 피워내는
향기 가득한 아름다움을 줍니다

가끔 뒤돌아보며 미소 짓는
그리움의 내 이름 석 자 남깁니다.

제목 : 인생
시낭송 : 조한직
스마트폰으로 QR 코드를 스캔하면
시낭송을 감상할 수 있습니다

부부의 길

처음 인연으로 만난 날
이 세상 전부 사랑이고
이 세상 전부 행복이었다

무작정 들어와 버린 사랑
새로운 삶에 목숨 바치듯
하나 보다 둘이 낫다는
함께 가는 인생을 걸었다

곧은 길 앞에 두고
지그재그로 갈 수밖에 없는
어긋나는 길 앞에서
자신을 사랑하자 다짐하며
더 먼 시선에 위로받았다

눈앞에 험난한 굴곡일 때
잃어가던 세월 속 형상
피폐한 몰골에 당황했지만
강직한 심성에 강해졌다

수십 년 동행하는 인생
환상 아닌 현실을 깨우치고
행복을 기원하는 믿음으로
최상의 미래를 꿈꾸며 산다.

 제목 : 부부의 길
시낭송 : 박영애
스마트폰으로 QR 코드를 스캔하면
시낭송을 감상할 수 있습니다

하루의 행복

아침햇살 따라 창문 열고
가로수에 마주친 청초한 벚나무
서로의 안부를 전한다

신록의 자랑을 마주하며
달달한 커피 한 잔으로
반가운 인사 마음을 열었다

하루의 일들 떠올리니
합류할 생각에 기쁘고
가끔 파편처럼 떨어지는 근심
상쾌한 아침에 털어버린다

다독이며 살아온 내 삶이
이만하면 잘 살았다고
다른 이의 가슴속 들여다보며
진행하는 노력에 칭찬한다

지금껏 살아온 세월은
험한 비탈길의 산등성이처럼
정상을 향해 오르던 고행 길도
이젠 하루의 행복이라고 외친다.

공주병

그녀는 특별해서 함부로 대하면 안 된다
짜증이 나도 큰소리치면 안 되고
무시하는 말투도 절대 안 된다

언제나 온화한 환경
신선한 음식을 맛보며
아리따운 분위기 미색 행동으로
평화로운 마음을 가져야 한다

여름철 소낙비가 내릴 때
청 옷 한 벌 단화 신고 거리로 나가
흠뻑 비 맞는 낭만적인 행동도 안 된다

눈이 펑펑 내리는 날 털모자 눌러쓰고
환상적인 눈길 걸어도 아니 되며
제철에 맞춰 레이스 달린 의상으로
나풀나풀 미소 가득 행복해야만 된다

이 모든 것을 지키지 않으면
쇠약하고 여리여리한 그녀가
언제 떠나버릴지 모른다는 것이다.

중년의 향기

우여곡절 수놓아진 인생은
다양한 색깔로 채색해놓은 사연
젊어서 고생은 진한 추억으로
그리움의 깊이가 된다

사는 게 별거 아니라는 것을
지지고 볶으며 살아온 세월
인생의 참맛을 알아간다

지난 시절 못 해본 게 한이 되어
느지막한 용기로 일궈내는 인생
기쁨의 보람도 채워간다

너와 나 살아온 삶에
즐거움의 차이를 생각하고
오랜 세월로 알게 된 감사함
중년의 향기가 그윽하다.

제목 : 중년의 향기
시낭송 : 장선희
스마트폰으로 QR 코드를 스캔하면
시낭송을 감상할 수 있습니다

드라마를 시청하며

텔레비전 시청하며 절절한 사연
바쁜 시간 제치고 모니터 앞이다

주인공의 울부짖는 통곡 전파는
사정없이 터지려는 설움까지
여인의 흐느끼는 사연 가슴을 친다

가슴속 자리 잡은 물꼬는 터지고
막을 용기 나지 않은 채
사정없이 눈가를 타고 흐른다

문득 커다란 거울 속 여인
영화의 주인공인 양 리허설 삼아
흐느끼는 연기력 감상해 본다

누가 더 예쁜 모습으로 슬픈지
누가 더 진심 슬픈지
거울 속 두 여인 마음을 터놓았다

이젠 너무 긴 세월 돌고 돌아
가슴속 참았던 눈물 쏟아내니
근심의 설움 크게 한숨을 토해낸다.

찬란한 하루

새벽어둠 제치고
도시의 고요한 잠 깨운다

오늘 하루 짜인 일정
숙제하듯 하나둘씩 실행하려
아침 한 끼 입맛을 채우며
각자의 일상을 시작한다

만나야 할 그 누구를 떠올리고
흥얼거리는 기쁨
거울 속 나를 가꾸는 시간은
분주한 종종걸음이 즐겁다

생기 나는 열정 빛나는 눈빛
약속 시간 지키려다 숨 가쁘고
쌓아가는 만큼 커지는 보람
유혹하는 낮잠에도 인내한다

가족은 해 저물어 마주 보는 시각
침샘 자극 미각의 만찬으로
하루 행복을 거하게 차려냈다.

제목 : 찬란한 하루
시낭송 : 장선희
스마트폰으로 QR 코드를 스캔하면
시낭송을 감상할 수 있습니다

96

영화 속으로

환상의 세계를 누비며
그곳에서 그들과 살아갑니다

울고 웃는 현실 속에서
무언들 못 하겠습니까

멋지게 사고를 치고
통쾌한 해결사로 기뻐하며
새로운 무한도전을 합니다

너무 슬퍼서 울고
너무 기뻐서 웃다가
어느새 용기를 가집니다

평생 꿈꾸었던 목표가
이루어지는 순간

인생에서 하고 싶었던 소망은
바쁜 세상 숨 가쁘지만
할 수 있는 현실에 행복합니다.

희망은 내게로

눈앞에 청초한 하늘
떠다니는 새하얀 조각구름
가슴속 차오르는 희망이
또다시 열병으로 온다

인생길 환멸이 왔을 때
날마다 눈멀고 귀 멀어
세상에 홀로 사는 것처럼
나만 바라보려 했다

공허한 마음의 희망은
매일매일 노크하는 소리
후회도 미련도 추억되어
환하게 비추는 길 설렌다

다시 살아 숨 쉬는 세상
태양 아래 두 손 모아
행복만이 넘쳐나기를
새날 새 희망 날개 달았다.

고통의 진실

인생을 살다 보면
고통의 깊이가 있다

직접 겪어보지 않고
입에서 나오는 말만
믿지 말 것이며
현실감 따라 다르다

순간을 겪어보지 않고
표현하지 말 것이며
이론에 아는 척하는
갑질에 속한다

한 세상 사는 동안
눈에 보이지 않는
뼛속까지의 아픔이
절대적인 고통이다.

차와 함께 산다

차에서 열기를 팍팍 풍긴다
숨쉬기 힘들어 입을 막고 피한다
바쁜 일 골목길에 빠른 발걸음 옮기는데
시커먼 차가 얼른 비키라고 빵빵댄다

지나가는 사람이 한마디 한다
"왜 이리 차가 많이 다녀 성가시게"
돌아오는 길 시장 앞에 섰다

신호등 바뀌는 순간 지나치는 차에
놀란 가슴 쓸어내리며 한숨 쉬는데
차 안에선 음악에 취해 혼자 신났다

나도 차를 끌고 나섰다
신호등에 빨간불 켜졌는데
얌체 차 휘날리며 홱 지나가고
그 차가 미워 갑자기 혈압이 오른다

신호등 녹색 불에 천천히 가는데
먼저 지나친 차도 신호등에 걸리고
나도 그 차 옆으로 나란히 섰다

도시에서는 사람과 차가 친해져야 산다
사람이 먼저인지 차가 먼저인지
지금의 혼란스런 세상에서
옛 시절 차 없던 세상이 그리워진다.

제목 : 차와 함께 산다
시낭송 : 이은석
스마트폰으로 QR 코드를 스캔하면
시낭송을 감상할 수 있습니다

회상

지나온 세월 앞에 두고
후한을 가졌던 인생
우여곡절 한을 묻었다

길지도 않은 세월
무심한 시간 지나면
손목에서 돌아가는 시곗바늘
조급한 초점을 본다

내 인생 들여다보면
쉼 없이 돌아가는 표상
헛되이 보내버린 순간
알아버린 의미 손을 모은다

미래가 있다는 건
얼마나 귀한 것이라는 진심을
인생 제대로 살기를 희망하며

이젠 크게 두 팔 벌려
마음껏 기쁨을 누리고
활짝 웃으며 살자고 했다.

신앙의 구원

모태 신앙으로 태어나
당신과 함께하는 인생입니다

십자가의 고통스러운 길
우리를 대신하여 돌아가신
믿음 소망 사랑
일치된 세상 살다 가신 분

성경 말씀 유념하여
베푸는 사랑의 구원
두 손 모아 청합니다

뚜렷한 은총 살고 싶고
귀 기울이려 애쓰지만
뜻대로 되질 않습니다

깨달음의 용기
주어진 삶의 그분을 닮으려
자비를 구하고 실천하며
끝없이 간절한 기도 올립니다.

살아보니

인생사 내 삶이 참 기막힌
성장하며 살아가는 동안
몸과 마음 할 수 있는 재능에
괴로움과 즐거움이 교차한다

비바람에 회오리까지 부딪히며
눈 비 맞아봐야 그 심정 알듯
금수저 물고 태어났다는
그런 사람 부럽지 않다

어차피 자연으로 돌아간다는 말
한 치 앞을 모른다는 인생
감히 장담할 수 있겠는가
무조건 감사하며 살자 한다

모든 걸 통달한 인생에서
가슴에 담아둘 게 너무 많아
이젠 무조건 행복하다며
태양도 달도 감히 올려다본다.

세상이 얼마나 좋은 것을

세월의 순리는
힘들 때 야속함이 있고
살아가는 체험은
지혜와 용기를 가지는
성숙한 삶으로 변해 간다

뼈저리게 힘겹던 시절
생사를 실감하고 나서야
이해하는 인간인 것을
세월이 가고 참을 알고도
자신의 이익 먼저 챙긴다

이론보다 실상의 진실에서
자연의 이치를 알게 되어
나 또한 확신을 가지며
감사함의 행복이다

이파리 하나라도 소중한 세상
나의 행복이라고 외치며
세상이 얼마나 좋은 것을.

비바람 몰아치고

지난밤 비바람 몰아치고
내 가슴 사정없이 휘저었는데
저 너머 산기슭 그림자 남았다

창밖의 햇살 바라보다
찾아오는 감회에 이마를 내리친다

얼룩진 찌꺼기들 씻겨간 거리
해 뜨고 뽀얀 민낯을 드러내며
걷는 이들의 상쾌함을 준다

장맛비가 지나간 길거리
시원해 보이는 만큼
내 마음 말끔하게 씻어버리고 싶다

햇살이 반길 줄 알았더라면
긴 시간 잠 못 이루지 않았을 것을
홀로 무너졌던 자괴감
밤새 까맣게 타버린 내 가슴

다시 솟아오르는 희망이 있어
미래를 꿈꾸는 열정에 박차를 가한다.

인생사

기쁨과 슬픔에
길고도 짧은 인생
진실의 차이가 있더라

이런 일 저런 일 행복 찾아
너무 편안한 일 원한다면
기쁨도 행복도 알 수 없다

실제 겪어보지 않은 자
감정이 나오지 못할 것이고
함께 공감할 수도 없다

아름다운 마음씨에
순수함이 저절로 돋보여서
가슴으로 스며들 것이다

인생 살아봤다는 자
그 깊이의 자투리까지
진정한 사랑도 찾아온다.

히스테리

아주 작은 일에 눈물 나고
별거 아닌 일에 근심 한가득
의욕이 절대 없다

나이 들어가는 세월
한스러워 공허하고
만나는 사람을 보면
잇속만 따지는 인색함

자신부터 달라지면 될 것을
생각하고 잊으려 하지만
체증처럼 거북해서
불면증만 더 친해진다

결국 돌아오는 건
몰려드는 먹구름
옹졸하고 멍든 가슴에
자신의 상처만 남았다.

소설가로

소설 속 주인공이 되면
하늘로 오르는 설렘에 못 할 일 없어
온 천지의 모든 것이 두렵지 않다

고통이라고 제아무리 외쳐도
타인의 고통은 차이를 알 수 없고
진정한 사랑을 해봐야 알듯이
타인의 사랑을 모르는 건 당연하다

소설 속 주인공이 되면
그 사람의 마음속 들여다보기까지
내 신체의 영혼까지 실화가 된다

세월을 되돌아보며
사랑과 고통의 깊이를 알게 되고
마음이 떨리고 아파서
인생 우여곡절 낱낱이 고백한다

주인공은 곧 내가 되고
나는 주인공이 되어
살아가는 인생을 뒤흔들며
잠 못 이루는 날도 소설을 쓴다.

제목 : 소설가로
시낭송 : 장선희
스마트폰으로 QR 코드를 스캔하면
시낭송을 감상할 수 있습니다

용서하소서

함께 하는 귀한 시간 원망하고
노력도 아니 하며 미워한 자
용서하소서

상대의 입장 아니 되어 보고
자존감 결정짓는 어리석은 자
용서하소서

장점만 보아 사랑스럽고
단점만 보아 불행한데
작은 마음 외면하는 자
용서하소서

아름답게 바라보는 마음
행복한 세상이라고
이제야 깨닫고 후회하는 자
용서하소서.

도시의 아침

도시의 아침이 눈을 뜬다
거울 앞에 비춘 모습 분주히 단장하며
오늘도 쉬지 않는 시곗바늘 바쁘다

햇살 따라 종종걸음 멈춘 발길
콘크리트 사이로 삐죽이 올라온 민들레
을씨년스런 출근길 반갑게 인사한다

미화원이 지나간 거리 상쾌한 정기
저마다 가는 길 바쁘게 재촉하고
녹색 신호 이어달리기하듯 발소리 커진다

달리는 자동차 숨 가쁜 매연 토해내며
구겨 넣은 만원 버스 무게감에
뒤뚱거리는 불편한 출근길

오늘도 내일도 저마다의 목표가 있어
도시의 회색 공기 속으로
희망찬 미래를 향해 힘차게 내달린다.

자화상

우여곡절 인생길 따라
산전수전 지난 세월
지친 모습 낡은 생각이 괴롭힌다

가는 세상 넘치는 의욕에
어리석은 맘 메말라가는 순간
간절했던 만큼 소중하여
기적을 실감하며 미래를 꿈꾼다

이만하면 괜찮다 위로하며
사랑하자 미소 짓는 모습
내가 너를 사랑하기 위하여
하루에도 몇 번씩 자신을 본다

매일 태양을 바라보고
미래를 다짐하며
따뜻해지는 가슴으로
넓은 세상을 크게 품어보련다.

내 안의 한을 버리고

긴 세월 남모르게 덮어둔 설움
흔적 남긴 자리의 깊이
결정적 물증이 남아 있다

수십 년 묻어 두었던 그 자리
거침없이 가슴속 파고들어
자리 잡힌 구덩이에 묻었다

흘러간 지난 세월 한을 버리고
넓고 넓은 저 들판에
마구마구 뿌려주고 싶어

오래 간직한 고운 황토 되고 싶어
고운 빛깔 흠뻑 담아
흙의 향기로 환생하였다.

생명의 미학

어둠 속 생사의 순간에서
파노라마와 같은 갈림길

표현을 다 할 수 없을 만큼
신체 기능 발작을 일으킬 때
한 가닥 모성의 용기가 있다

지금껏 살아온 인생
자연 속 살아가는 소중함
고난을 겪어봐야 깨우치는 인간은
지난 시간 뒤늦게 반성한다

생명을 살리는 기적은
고통을 인내하며 버텨내고
진리의 막다른 길에서
소중한 생명의 아름다움이었다.

인생의 함정 끝에서

어여쁘게 인생을 걸어
죽을 만큼 온몸으로 고통을 부딪치고
살아도 산 것 같지 않은 청춘이었다

상대의 쾌재에 방황하다
험한 길 놓인 삶의 가슴을 치는 인생
인생무상 허무할까

목숨보다 귀한 어린 자식 기운에
뼈를 깎는 아픔 버틸 정신 한 가닥
미래의 희망이 있었다

흐르는 세월 떠다니는 기억 따라
교감으로 맞이한 기름진 땅을 밟으니
반기는 별들이 너무 많았다.

시인을 만나러 간다

대선배 시인을 만나는 생각에
낯모르는 유명 시인을 보고 싶어 설렌다
들리지 않던 시계 소리 들리기 시작하고
마음처럼 빠르게 초바늘이 서두른다

토요일 대학로는 이리저리 뒤채는 사람들
날렵하게 몸을 피해야 무사히 빠져나간다
정해진 강의실 향해 주위를 서성이다
모여드는 사람들 틈에 합류했다

바쁜 걸음 중간 자리 겨우 차지한 한숨
서로 구면 인사 웅크린 얼굴 활짝 폈다
시인과 시인이 만나는 경계에 화합하고
경청하는 조언의 시어를 공감한다

작가와 영향 관계되려고 시선 집중한 시간
빼곡히 받은 프린트지의 익숙한 자작시
해설과 함께 명시로 탄생하는 순간이었다.

마음은 청춘

한평생 살아보니
어느새 늙어지고
갈 길이 멀지 않은 백발

나이는 노년이라 해도
마음은 청춘이라
하루하루 아쉬운 날이다

자연의 소리 귀 기울이니
살아온 연륜의 감사함
추억을 따라 가 보고 싶다

잠 깨어난 새벽녘
못다 이룬 삶에
하고픈 일 너무 많아
버킷리스트 목록을 펼친다.

성전에 머물며

발걸음 따라 성전에
함께하는 시간 따뜻한 피가 흘러
충만한 기운을 받습니다

언제나 한결같은 소망
당신께 은총을 구하며
오늘도 무한한 기도를 합니다

이 세상에 사는 동안
성경 말씀대로 살려는 정신
올바른 지혜를 가지려 합니다

촛불을 켜놓고
인간의 이기심만 밝히려 하니
어둠에서 슬퍼하는 당신

더 큰 촛대를 올려 불 밝히고
십자가에 새겨진 거룩한 주님
어리석은 죄인은 용서를 빕니다.

집착

오늘도 짐스런 눈을 뜨니
떠오르는 형상 미소로 다가온다

떨리는 가슴 쓸어보며
놓아주지 않으려는 아집

온몸으로 전율을 느끼며
이마에 감염된 고열로 번진다

가슴으로 파고드는 집착
홀로 저리도록 아파서
남몰래 히든카드를 꺼냈다.

눈물

살다 보면 문득
감동되는 말에 흐느낄 때가 있다

음악이 흐르고 영상이 떠오르면
가슴 속 파고들어 와
응어리진 냉가슴 얼어붙고

사정없는 채찍에 너무 아파
눈물도 말라버리지만
타오르는 욕망에 사로잡혔다

내가 나를 괴롭힘에 힘겨울 땐
유한 현실 일깨워 이겨내고
감사함에 반성했다

눈물은 인생철학을 배우고
행복한 길 동행하는 친구처럼
삶의 환희를 주기도 한다

돌고 돌아온 세월의 회상
깊이 있는 인내심 평화 되어
뜨거운 눈물에 기쁨이 왔다.

병증

팽팽하게 당겨지는 힘
외줄 타기에 기고만장 올라타고
올바른 마음 고정하여
자신 있게 걸친 몸 의탁한다

흔들리지 않으려 꽉 잡은 손
땀을 쥐며 긴장하지만
지체하지 않고 밀어붙여도
호흡곤란에 포기하려 한다

수족의 두 줄 타기는
탈진되기 전까지의 안간힘
오로지 정신력에 매달려
차마 가지 못해 줄을 놓았다

이젠 갈 데까지 가보자
모진 고통 인내심 발휘하고
몸 따라 마음 따라
최선의 인생을 걸었다.

심장 소리(심장 이식수술 이후)

수 없는 날 두뇌에서 저 멀리
허공에 떠돌았던 수난이 떠난 뒤
새로운 심장 소리가 힘차게 들린다

흐려져 간 고통의 수십 년
아련히 떠오르는 순간들이
기억에 딱지처럼 눌어붙었다

자랑스런 훈장처럼 흔적 남았지만
새로운 기운 불어넣어 준 소생
기적의 승리한 여인이 생존했다

다시 되돌리고 싶지 않은 삶에
새로운 세상 소중하게 바라보는
인생 꼬임에 빠지지 않기를

경이로운 세상에 눈을 뜨고
매일매일 새롭게 태어나는 환생
벅찬 기쁨에 넘치는 미래가 있었다.

눈물이 샘물 되어

어느 날부터인가
깊은 가슴속 스며들어
옹달샘이 되었노라

더 깊은 곳으로
흘러흘러 쌓인 눈물
퍼져가는 줄기 되어
가두어둔 약수터

눈물이 샘물 되어
눈물이 약수 되어
가슴 속 치유하리라

세월의 메말랐던 가슴
갈증의 한을 적시니
만병통치약이 되었다.

불면증

눈 감아도 잠들지 못하는 불면증
늦은 오후 커피를 마신 마법에 걸렸다
침대에 누워 수면 유도하는 정신력
자꾸 꿈속 여행하자 밀어붙인다

그대로 따라가니 돌아가신 어머니와 아버지
어서 오라며 따뜻하게 손잡아 주는 낙원 천국
너무 좋아 어머니 품에 안긴 아기 되어
먼저 떠난 남매들과 모두 원 없이 웃었다

현실로 돌아온 뿌연 새벽
밤새 못 잔 눈꺼풀이 천근만근
충혈된 눈 토끼를 닮았는지
퉁퉁 부은 몰골 두통에 낯선 여인이다

꿈 여행 다녀온 후유증에 시달려도
헛바늘 솟아올라 미각이 사라져도
가족을 만난 꿈 여행이 너무 행복했다.

내 심장에 핀 꽃

심장이 멎어 심폐 소생으로 깨어나고
동맥관을 지혈하며 오그라진 몸 되었을 때
살포시 다가온 당신 환하게 웃어주었다

지혈이 터질까 두려운 심장 할딱거리는데
하해와 같은 어머니 품으로 안아주었다

진실로 다가와 준 당신
헤매는 암흑 시간 반으로 줄여주고
약해 터진 심장 당신 사랑에 견디었다

내 심장에 핀 아름다운 사랑 꽃
향기로움에 노랑나비 되어
시련의 순간도 천천히 날아다녔다.

* 고마운 간호사님께 바치는 시

달력

한 달 동안 내 삶을 걸었다
하루씩 꼼꼼히 일정을 나눈 달

가족을 위해 무얼 할까
건강을 위해 무얼 할까
만나는 이들을 떠올린다

깨알같이 까맣게 써놓은 달
동그라미 친 날 소중해서
달력에 새긴 날들에
하나둘씩 행복을 걸었다

하루하루 목표를 정하고
입가에 미소 지으며
일주일에 하루는 날 위해 쓴다

한 달 동안의 약속
하루하루 보내는 보람이 쌓여서
새롭게 시작하는 다음 달도
설레는 목표로 기대된다.

삶의 행복

첫 번째 살아가는 삶은
나 홀로 등에 지었던 짐들이
너무 무거워 가누기 힘들었다

두 번째 살아가는 삶은
하나씩 지고 가는 무게를 알고
체험하는 인생 소중한 걸 알았다

새로운 삶에
세상 사는 법을 이해하고
감사함으로 사랑을 찾았다

살아가는 맛을 느끼고
실타래처럼 풀리는 평안까지
순리의 적응하는 포용에 행복하다.

찬란한 하루

장선희 제2시집

2024년 10월 8일 초판 1쇄
2024년 10월 10일 발행
지 은 이 : 장선희
펴 낸 이 : 김락호
디자인 편집 : 이은희
기 획 : 시사랑음악사랑
연 락 처 : 1899-1341
홈페이지 주소 : www.poemmusic.net
E-Mail : poemarts@hanmail.net

정가 : 10,000원
ISBN : 979-11-6284-560-8

이 책은 〈한국예술인복지재단〉에서 지원을 받아 제작되었습니다.